for
Scott and Chaney
With Joy

Library of Congress Card No. 00-110358
ISBN 0-9703632-1-4

1 3 5 7 9 10 8 6 4 2

First Printing, June 2001
Printed in China
Published by
The Wakefield Connection, Inc.
1211 Ernest McMahan Road, Sevierville, TN 37862
www.wakefieldconnection.com

A "MAMADRAMA"
for
ALL AGES

Wendy Wakefield Ferrin

GERMS on their fingers!

Art by Beverly Ashley Broyles

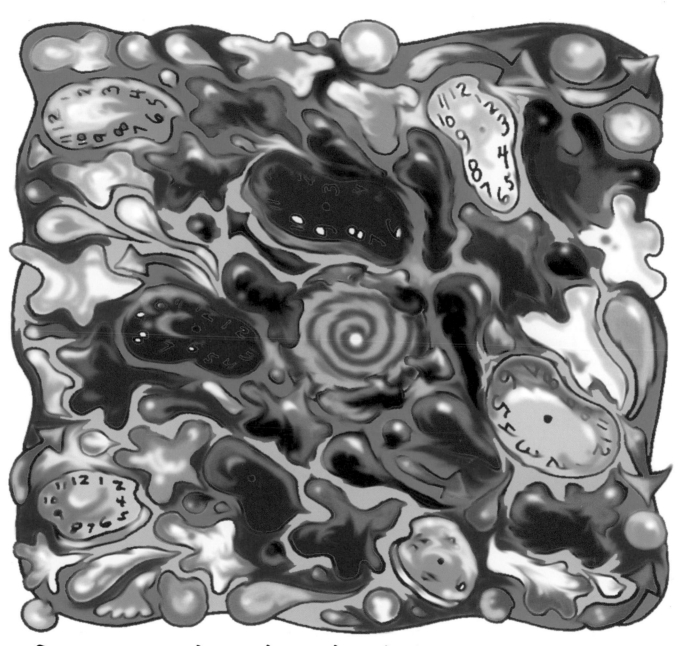

Once upon a place where there's no space or time . . .

They knew
their ABC's,

could count to
the millions.

They laughed
with great
ease, gave
hugs by
the jillions.

1,000,000

How far can
you count?

3

TOYS

They picked up their toys
and ate up their fruit.

What fruit did you eat today?

And so one would think that this Mom
could relax. Just drive that car pool,
put lunch in their packs.

What's your favorite lunch?

But you know
how Moms are
(and also Dads, too.)
They start that
"frown worry," they
worry 'til
they're blue.

They worry about
scratches and bumps
on the head.

They worry
about matches,
things under the bed.

They worry about sniffles and
schedules and food.
They worry if there's pouting
or a not so good mood.

And so in the process of worrying in her sleep, this Mom decided which worry to keep.

GERMS on their fingers.
GERMS one can't see.

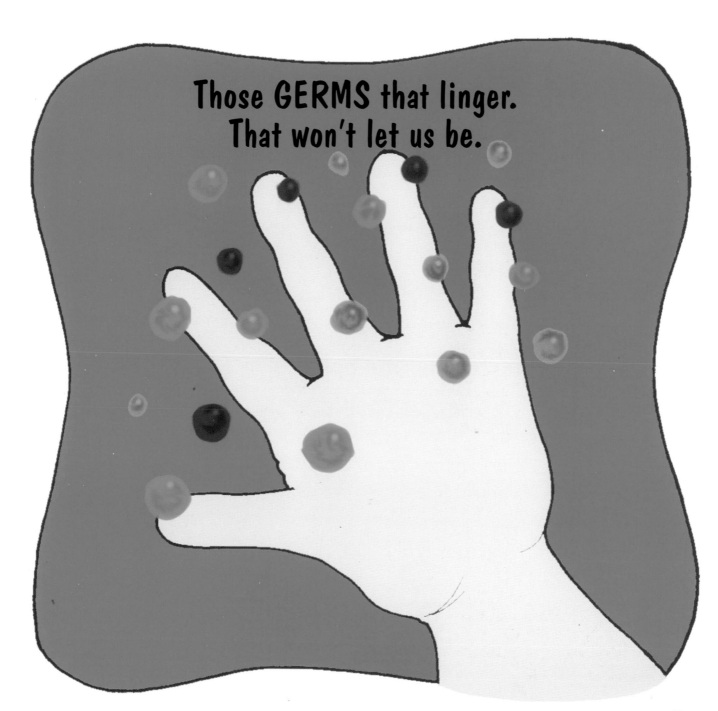

Germs are like weeds,
some pretty, some trouble.

But germs on our hands are not good
when they double.

Germs can cause

wheezing

and

sniffles

and

sneezing.

Germs can give rashes
that aren't very pleasing.

So this is the story of a worry
needing action.
This is why a Mom would
create a distraction.

*Think of 10
after school
programs you'd
like to have.*

After school programs serving
a snack, needed to instigate the handwashing knack.

This Mom decided not to complain.
This Mom decided to launch
a campaign.

"Soap is hand's best friend"
she would say.

Use soap to make all those
germs go away.

Of course her two children
would listen and perform.
But what about others
that she should warn?

She thought
while she drove . . .

. . . and she thought
while she laundered,

When do you
do your
thinking?

she thought while she bathed . . .

. . . and she walked
while she pondered.

And into her head came the characters and their look.

Into her head came the words for this book.

"SOPE™ is Handz best friend"
she exclaimed.
To spread that one message
was all that remained.

Society
of
Playful Education
(SOPE)

How could she tell people what's
on their hands?
How could she spread this word
throughout the lands?

Posters in bathrooms,

Posters on Walls,

Posters on doorways,

POSTERS IN HALLS!

Make people think when
they see a good germ.

Make people smile the same
time that they learn.

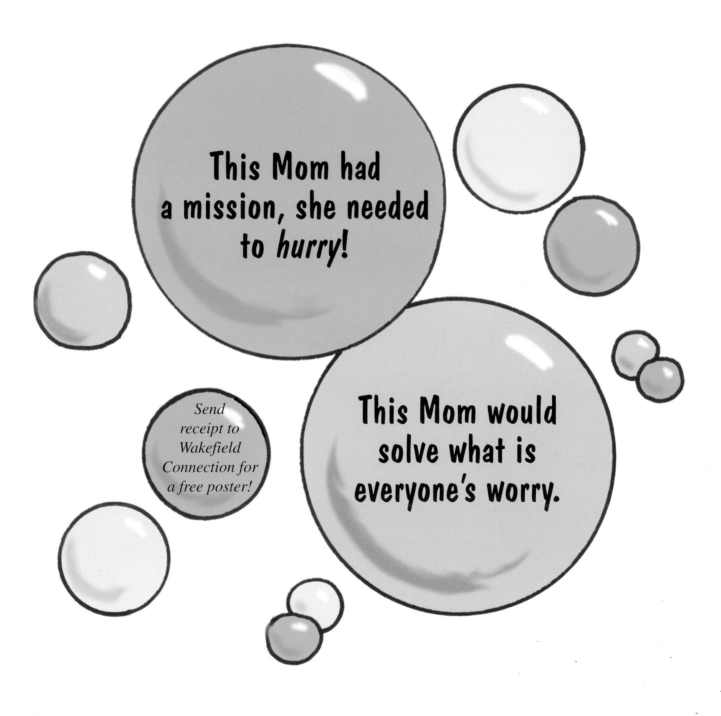

She knew who could make all her thoughts come alive.

She needed more help for her plan to survive.

Who has helped you with an idea?

Remember the part
about people to warn?

That's how
SOPE™
and the
Handz
family were born!

Join Handz!
www.sope.net

So this is the message,
the purpose of this story.

Big problems can be solved
by one person with a worry.

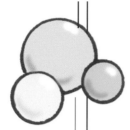

And now my dear reader, if you're still awake, decide upon which worry your action should take!

Your Handprint Here

This book belongs to_____
If your best friend needs a copy of this book:
www.sope.net

¡GÉRMENES en tus manos!

Beverly Ashley Broyles

Wendy Wakefield Ferrin

Para
Scott y Chaney
con Joy

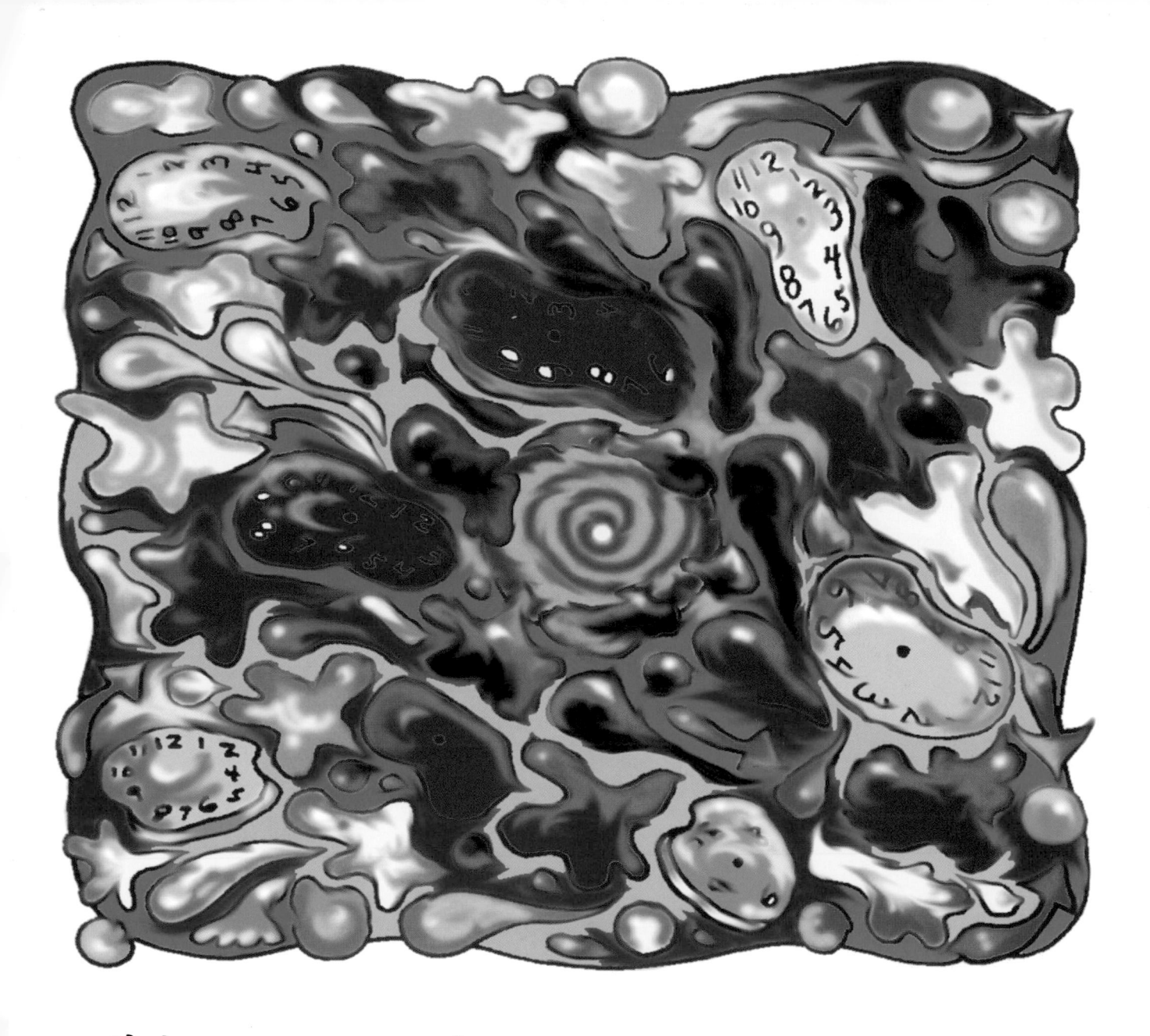

Había una vez un lugar sin tiempo ni espacio . . .

. . . donde vivía una mamá
con sus dos chiquitos.

Ellos sabían su
abecedario,

1,000,000's

¿Hasta qué
número puedes
contar?

contaban hasta
millones.
Se reían con
facilidad,
daban
besitos en
cantidad.

juguetes

¿Qué fruta comiste hoy?

Eran juiciosos, recogían sus juguetes y comían su fruta.

4

Y cómo se divertían
sus abuelas con
ellos.

¿Cuántas
abuelas
tienes?

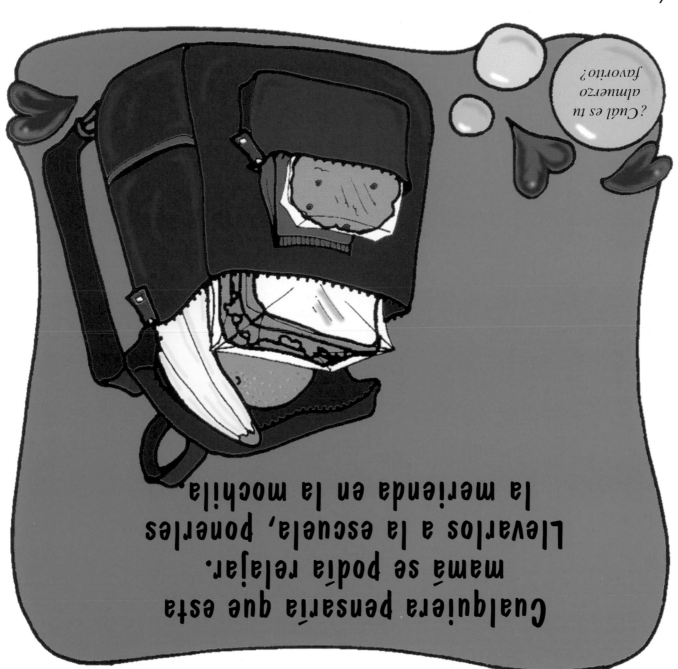

Cualquiera pensaría que esta
mamá se podía relajar.
Llevarlos a la escuela, ponerles
la merienda en la mochila

¿Cuál es tu
almuerzo
favorito?

Se preocupan por estornudos,
horarios, comidas.
Se preocupan por pucheros
o si los niños la pasan mal.

Así una noche en que la mamá no podía dormir, decidió cual preocupación iba a corregir.

Gérmenes en las manos.
Minúsculos gérmenes que no puedes ver.

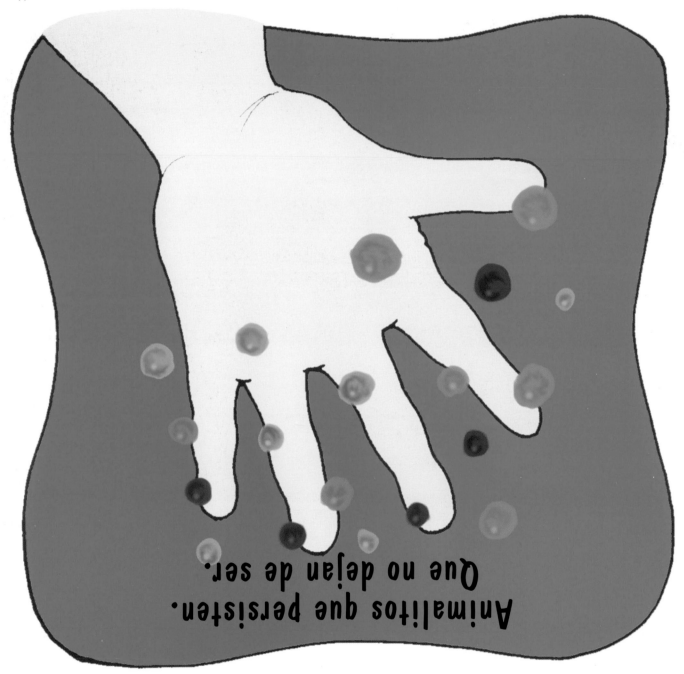

Animalitos que persisten.
Que no dejan de ser.

Como las semillas, son buenos o malos.

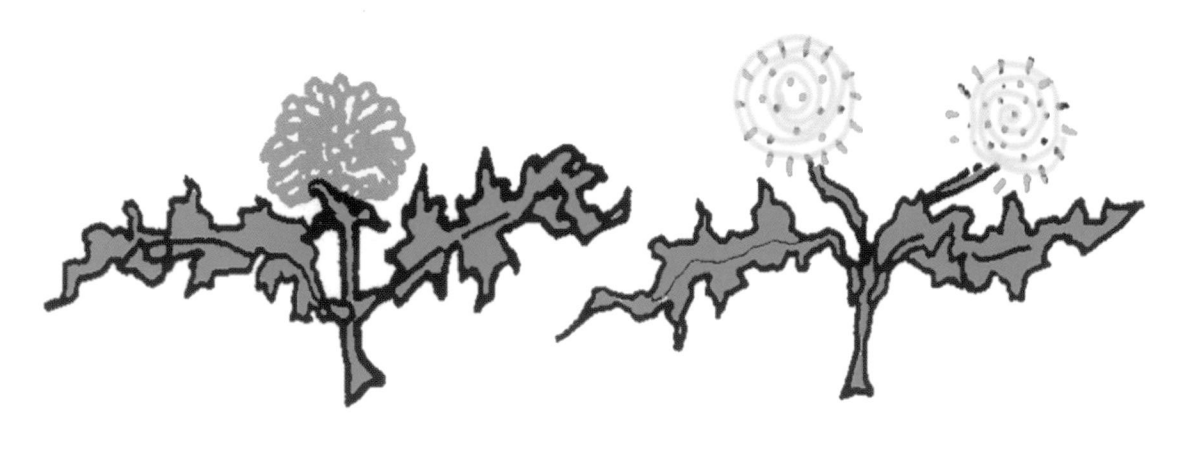

Es un problema cuando se duplican en las manos.

Causan asma,

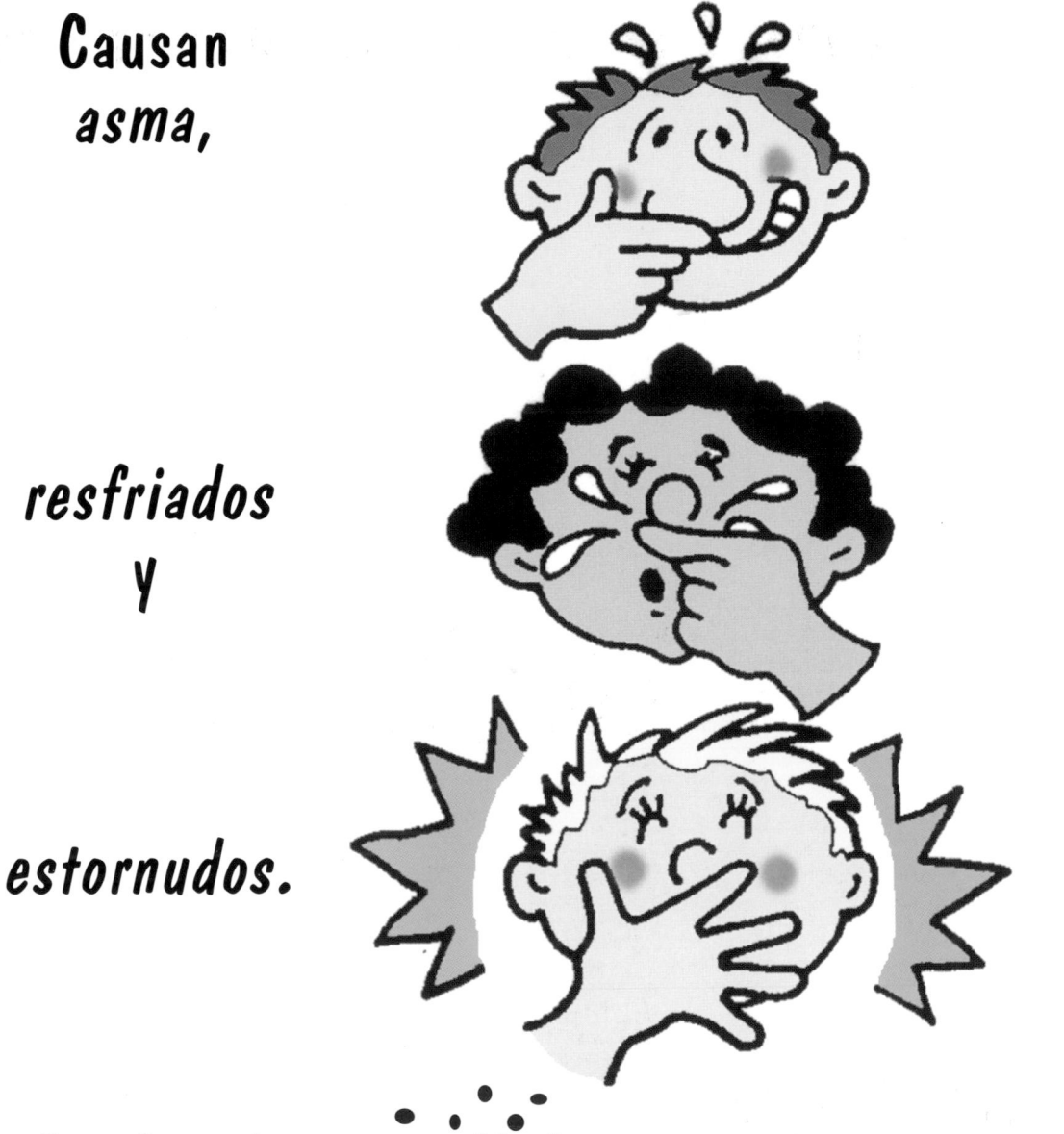

resfriados y

estornudos.

Pueden dar sarpullidos que
no son muy buenos.

Ésta es la historia de una preocupación
con necesidad de acción.
De ahí que la mamá creara una distracción:
Tras los programas escolares
que ofrecen merienda.

Encuentra 10 actividades nuevas.

El truco de lavarse las manos pensó propagar.

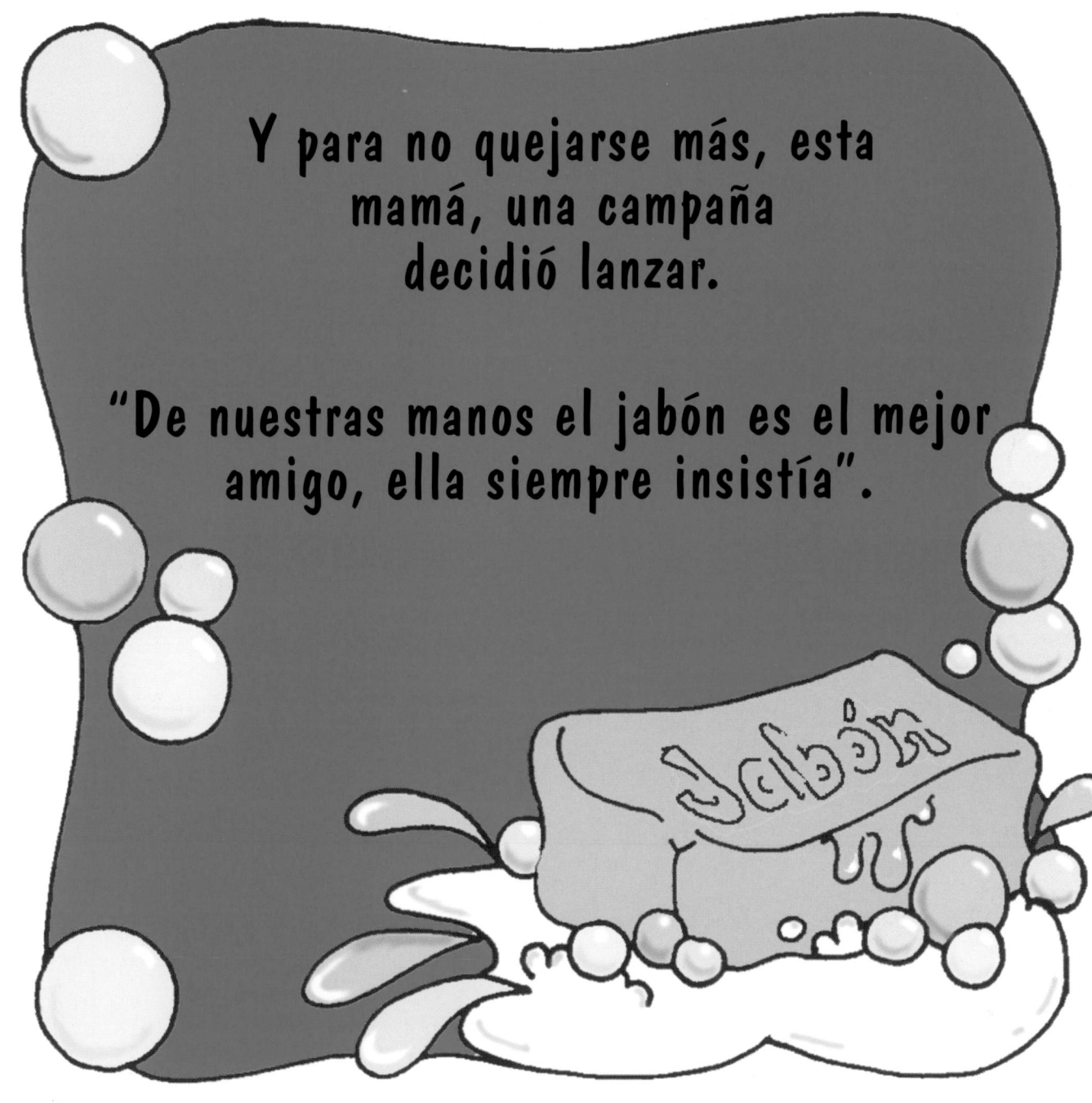

Y para no quejarse más, esta mamá, una campaña decidió lanzar.

"De nuestras manos el jabón es el mejor amigo, ella siempre insistía".

Para echar a esos gérmenes
hay que usar jabón.

Jabón

Sus dos niños, claro, se lavaban,
pues siempre ponían atención.
Pero... ¿Qué pasaría con los otros
niños que nada sabían?

Pensó y pensó.

Pensó mientras conducía.

Pensó mientras lavaba la ropa,

¿Cuándo se
te ocurren
cosas?

mientras se bañaba
y mientras caminaba.

Y fue así que se le
ocurrió la historia
que ahora les quiere
contar,

Y los personajes para
poderla narrar.

"SOPE™ es el mejor amigo de Handz",
un día exclamó.
Ahora sólo faltaba esta idea propagar.

Sociedad para
la Educación
por medio del Juego
(SOPE)

¿Cómo explicarle a la gente lo que
hay en sus manos?
¿Cómo hacerlo saber más allá del lugar?

Que la gente piense cuando vea un buen germen.

Que la gente ría al tiempo que aprende.

Ella ya sabía quién iba a colaborar y así hacer sus sueños realidad.

Iba a necesitar algo de ayuda para su plan poder realizar.

¿Quién te ha ayudado con alguna idea?

Llamó y escribió

y a todas partes manejó para encontrar a las personas que le iban a auxiliar.

¡SÍ!

¿Recuerdas la parte
de contarle a la gente?
Así fue que nacieron
SOPE™
y la
familia Handz.

¡Únete a Handz!
www.sope.net

Esta es la lección,
la moraleja de esta narración:

Grandes problemas se pueden solucionar si una
persona se quiere preocupar.

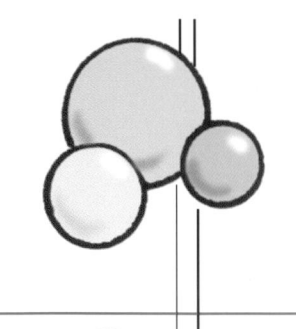

Y ahora querido lector,
si aún no te has dormido,
decide lo que te preocupa y actúa
para encontrarle una solución.

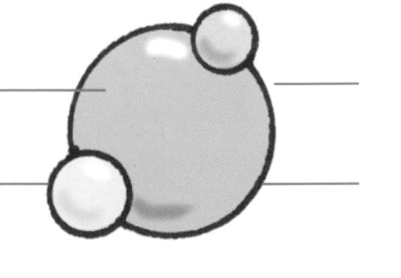

Pon aquí la huella de tu mano

Este libro pertenece a:_____.

Si tu mejor amigo necesita una copia de este libro, ve a:

www.sope.net